진실로 행복하기 위해 필요한 것은 오직 한 가지뿐이다.
사랑하라. 모든 사람을 사랑하라.
중단 없이 사랑하는 한 당신은 중단 없이 행복할 것이다.

Для того, чтобы наверное быть счастливым,
надо только одно: люби, люби всех — и добрых и злых.
Люби не переставая, и не переставая будешь счастлив.

А я-то думал, Вы счастливая:
Афоризмы Л. Н. Толстого

나는 당신이 행복하다고 생각했습니다:
톨스토이 아포리즘

А я-то думал, Вы счастливая:
Афоризмы Л. Н. Толстого

레프 니콜라예비치 톨스토이
석영중

세창미디어 MEDIA

차례

본질

сущность

어떤 삶이든, 삶은 비교 불가한 지고의 행복이다. 만약 삶을 악이라고 말한다면, 상상할 수 있는 다른, 더 나은 삶과 비교했기에 그렇게 말할 수 있을 뿐이다. 어떤 삶이 더 좋은 삶인지 알지 못하며 알 수도 없다. 그러니 삶은 어떤 것이든 우리가 닿을 수 있는 최고의 행복이다.

『인생의 길』(XLV: 480)

생명이란 행복을 향한 지향이다. 행복을 향한 지향이 바로 생명이다. 모든 사람이 생명을 그렇게 이해해 왔고, 지금도 그렇게 이해하고 있으며, 앞으로도 그렇게 이해할 것이다. 요컨대 인간의 생명은 인간적인 행복을 향한 지향이고, 인간적 행복을 향한 지향은 바로 인간적 생명인 것이다. 그러나 생각하지 않는 많은 사람은 동물적 속성의 행복을 인간의 행복이라 이해한다.

『인생에 관하여』(XXVI: 363)

개인성을 포기하지는 않되 개인의 행복을 포기하고 개인을 더 이상 생명으로 인정하지 않는 것, 이것이 곧 인간이 합일로 돌아가기 위해, 그리고 그의 생명이 추구하는 행복을 성취하기 위해 그가 해야 하는 일이다.

『인생에 관하여』(XXVI: 378)

포로의 몸으로 막사에서 지내는 동안 피에르는 인간이 란 행복을 위해 창조되었고, 행복은 인간 자신 안에, 인간의 자연적인 욕구 충족에 있으며, 모든 불행은 부족이 아니라 과잉에서 비롯된다는 사실을 이성이 아닌 자신의 전 존재로, 생명으로 깨달았다. 그러나 지난 삼 주 동안의 이 행군에서 이제 그는 마음을 위로해 주는 또 하나의 새로운 진리를 깨달았다. 이 세상에 두려운 것은 아무것도 없다는 깨달음이었다. 그는 알았다. 인간이 완전히 자유롭고 행복할 수 있는 상황이 존재하지 않듯, 자신이 완전히 불행하고 완전히 부자유스러울 수 있는 상황 또한 존재하지 않는다는 것을 … 그는 또한 알게 되었다, 고통에도 한계가 있고 자유에도 한계가 있으며, 그 경계는 매우 가깝다는 것을.

『전쟁과 평화』(XII: 152)

진정으로 행복하고 싶다면 머나먼 곳에서 행복을 찾지 마라. 부와 명예에서도 찾지 말고, 타인에게 구걸하지도 말며, 타인을 저주하지도 말고, 타인과 싸우지도 마라. 그런 수단으로는 재산이나 지위같이 쓸데없는 것들은 얻을 수 있을지 모르겠지만, 누구에게나 필요한 진정한 행복은 타인에게서 얻을 수도, 살 수도, 구걸할 수도 없다. 그것은 선물처럼 그냥 주어질 뿐이다. 너 스스로 얻을 수 없는 것은 네 소유도 아니고 네게 필요하지도 않다. 너에게 필요한 것은 언제나 너 스스로 잡을 수 있다. 너의 선한 삶이 그것을 가능하게 한다.

『인생의 길』(XLV: 490)

이제 그는 삼라만상에서 위대하고 영원하고 무한한 것을 보는 법을 터득했다. 따라서 그것을 보기 위해, 그 직관을 향유하기 위해 그가 망원경 — 그는 이제껏 그것으로 사람들의 어깨너머를 바라보곤 했다 — 을 버리고 너무나도 당연하게도 자기 주위에서 영원히 변화하고, 위대한, 심원한, 그리고 무한한 삶을 기쁘게 관조했다. 그 삶을 가까이 들여다보면 볼수록 그는 점점 더 평온하고 행복해졌다. 이전에 그의 모든 지적 설계를 파괴하던 '왜'라는 무서운 질문은 이제 그에게 존재하지 않았다. 이제 그 '왜'라는 질문에 대해 그의 마음속에는 언제나 단순한 대답이 준비되어 있었다. 신이 존재하기 때문이었다. 신의 뜻이 없이는 사람의 머리에서 머리카락 한 올도 떨어지지 않기 때문이었다.

『전쟁과 평화』(XII: 205-206)

'2년 동안이나 나는 일기를 쓰지 않았다. 이런 어린애 같은 짓은 절대 하지 않겠다고 생각해 왔다. 그러나 이것은 어린애 같은 짓이 아니라, 모든 사람의 마음속에 살아 있는 참되고 성스러운 자기 자신과의 대화였다. 나는 지금까지 너무 깊이 잠들어 있었기에 함께 대화할 상대가 없었다. 4월 28일, 그러니까 내가 배심원으로 법정에 출두했던 날 벌어진 이 기이한 우연이 나를 일깨웠다. 나는 배심원석에 앉아서 내게 버림받은 카튜샤가 죄수복을 입은 모습을 보았다. 그녀는 이상한 오해와 나의 실수 때문에 유형 판결을 받고 말았다. 나는 곧바로 검사를 만나보고 감옥을 방문했다. 비록 그녀를 만나지는 못했지만, 나는 그녀에게 용서를 구하고 결혼을 해서라도 속죄하기로 결심했다. 주여, 도와주소서! 지금 내 기분은 매우 상쾌하고 영혼은 기쁨으로 충만해 있다.'

『부활』(XXXII: 129)

"고통은 인간이 아니라 하느님이 주시는 거야. 인간은 하느님의 도구이니 인간에게는 아무런 잘못도 없어. 오빠 생각에 누군가가 오빠에게 잘못을 저지른 것 같으면 그냥 잊고 용서해. 우리에게는 벌할 권리가 없어. 그러면서 오빠도 용서의 행복을 깨닫게 될 거야."

『전쟁과 평화』(XI: 37)

그녀가 전례문의 뜻을 이해할 때면 그녀의 사적인 감정은 독특한 음영과 함께 그녀의 기도와 결합했다. 그 뜻을 이해하지 못할 때는 '모든 것을 이해하고자 하는 욕망은 오만이다, 모든 것을 다 이해하기는 불가능하다, 이 순간 나의 영혼을 인도하는(그녀가 느끼기에) 하느님을 믿고 그분에게 나 자신을 맡기기만 하면 된다'라고 생각하며 그녀는 더욱더 감미로운 기분에 잠겨 들었다. 그녀는 성호를 그었고 고개를 숙였으며 이해가 되지 않을 때는 그저 자신의 추악함에 몸서리를 치며 모든 것을, 자신의 모든 것을 용서해 달라고, 은총을 베풀어 달라고 하느님께 간구했다. 그녀가 가장 열심히 한 기도는 회개의 기도였다. 이른 아침 일터로 향하는 석공과 거리를 청소하는 문지기들만 눈에 띄고 집안사람들은 아직 모두 잠든 시각에 집으로 돌아오면서 나타샤는 새로운 감정을 경험했다. 그것은 속죄의 가능성, 새롭고 순수한 삶과 행복의 가능성에서 오는 감정이었다.

『전쟁과 평화』(XI: 71-72)

고통을 견뎌 내자 안드레이 공작은 오랫동안 경험하지 못한 행복을 느꼈다. 인생에서 가장 멋지고 행복했던 순간들, 특히 가장 아득한 어린 시절, 요컨대 누군가가 그의 옷을 벗기고 작은 침대에 눕혀 주던 순간, 유모가 자장가를 불러 주던 순간, 베개에 머리를 묻은 그가 살아 있음 그 자체만으로도 행복해하던 순간, 그 모든 순간이 그의 상상 속에서 과거가 아닌 현실로 되살아났다.

『전쟁과 평화』(XI: 257)

그러자 갑자기 모든 것이 명확해졌다. 이제까지 그를 괴롭히면서 마음속에 갇혀 있던 것들이 일순간 두 방향, 열 방향, 모든 방향에서 쏟아져 나왔다. 저들이 불쌍해. 저들이 더 고통받지 않게 해 주어야 해. 저들을 해방시켜 주고 나 자신도 이 고통에서 해방되어야 해. '얼마나 좋아, 얼마나 단순해.' 그는 이렇게 생각했다. '통증은?' 하고 그는 자신에게 물었다. '통증은 어디로 갔지? 이봐, 너, 어디로 간 거야?'

그는 귀를 기울였다.

'아, 여기에 있었군. 그래, 뭐, 거기 있으라고 해.'

'그런데 죽음은? 죽음은 어디로 갔지?'

그는 그동안 익숙해진 죽음에 대한 두려움을 찾아보았지만 찾지 못했다. 죽음은 어디 있지? 무슨 죽음? 두려움은 이제 없었다. 죽음은 없었기 때문이다.

죽음이 있던 자리에 빛이 있었다.

"그래, 이거야!" 그는 갑자기 큰 소리로 외쳤다. "이렇게 기쁠 수가!"

『이반 일리치의 죽음』(XXVI: 113)

우리는 어딘가에서, 혹은 다른 어떤 시간에 더 큰 행복을 얻을 수 있을까 해서 종종 이 삶이 주는 행복을 소홀히 한다. 그러나 그런 식의 더 큰 행복은 언제 어느 때, 어느 곳에서도 있을 수 없다. 우리 인생에는 이미 최고의 행복이 주어져 있기 때문이다. 그 최고의 행복이란 삶, 바로 그것이다. 그보다 더 높은 것은 존재하지 않는다.

『인생의 길』(XLV: 480)

그는 기도했고, 하느님께 도와 달라고 간원했으며, 자기 마음속에 들어와서 죄를 깨끗이 씻어 달라고 빌었다. 그 때 그의 소망은 이미 성취되었다. 그의 의식 속에 잠들어 있던 하느님이 깨어난 것이다. 내면의 하느님을 느낀 그는 자유와 용기와 삶의 기쁨을, 선의 막강한 위력을 경험했다. 그는 이 세상의 모든 훌륭한 것, 오로지 인간이 할 수 있는 모든 선한 것을 이제 그 자신이 해낼 수 있다고 믿게 되었다. 이렇게 중얼거리는 동안 그의 눈에서는 눈물이 흘러내리기 시작했다. 그것은 선한 눈물이자 악한 눈물이기도 했다. 선한 눈물인 까닭은 그것이 최근 몇 년간 그의 마음속에 잠자던 정신적 존재가 깨어났다는 기쁨에서 온 것이었기 때문이며, 반면에 악한 눈물인 까닭은 그것이 자신의 선함에 대한 느긋한 만족감에서 나온 것이었기 때문이다.

『부활』(XXXII: 103-104)

그날 밤 네흘류도프는 즐거움 이상의 감정을 느꼈다. 기쁘고 행복한 밤이었다. 상상의 나래는 순수한 청년 시절 자신이 이곳에서 보냈던 행복한 여름날의 추억을 되살려 주었다. 그는 당시뿐 아니라 자신의 인생에서 가장 아름다운 순간순간의 장면들을 기억할 수 있었다. 그는 열네 살 소년 시절에 진리에 눈을 뜨게 해달라고 기도하던 일, 훨씬 더 어렸을 때 어머니 곁을 떠나며 어머니 무릎에 안겨 울면서 착한 사람이 되어 결코 어머니를 가슴 아프게 하지 않겠다고 약속한 일, 친구 니콜렌카 이르체네프와 함께 착하게 살도록 서로 도우며 세상 사람들 모두가 행복하게 살 수 있도록 노력하기로 결심한 일들을 생생하게 기억했다. 그러자 그는 마치 그때로 돌아간 것만 같은 느낌을 받았다.

『부활』(XXXII: 224-225)

마치 해면이 물을 빨아들이듯이 그는 복음서가 열어 준 것들, 곧 자신에게 필요하고 중요하며 자신에게 행복이 되어 주는 것들을 받아들였다. 그는 지금 읽은 내용을 전부터 모두 알고 있었던 것 같았다. 오래전부터 이미 알고는 있었지만, 충분히 깨닫지 못하고 또 믿지도 않았던 모든 것들이 그의 의식 속으로 들어와 자리를 잡은 듯했다. 그는 이제 모든 것을 깨닫고 믿게 되었다.

『부활』(XXXII: 444)

이 세상에서 인간이 누릴 수 있는 최고의 행복은 타인과의 일치이다. 교만한 인간은 타인과 자신을 분리함으로써 이 행복을 자진해서 파괴한다. 반면 겸손한 사람은 이 행복을 가로막는 모든 장애물을 내면에서 제거한다. 그래서 겸손은 진정한 행복을 위한 필수적인 조건이 된다.

『인생의 길』(XLV: 401)

인간이 행복의 불가능성을 타파하기 위해서는 개인의 행복추구를 다른 존재들의 행복추구로 대체해야 함을 인정해야 한다. 그러면 행복은 인간에게 성취가능한 것이 될 수 있다.

『인생에 관하여』(XXVI: 370)

나는 안다, 사람이 자기의 생명 법칙에 따라 살지 않는다면 아무리 애를 써도 결코 행복을 얻을 수 없다는 것을. 생명의 법칙이란 투쟁이 아니다. 아니, 그와는 정반대로 모든 존재의 상호 섬김이다.

『인생에 관하여』((XXVI: 373)

이 세상 모든 생물은 모두 자기 나름의 필수적이고 보편적인 능력을 지니고 있으며 이 능력이 그들의 행복에 작용한다. 식물도 동물도 곤충도 모두 자신들의 법칙에 따라 행복하고 즐겁고 평화롭게 생명을 영위한다. 오로지 인간의 경우에만, 인간 내부에서 그 본성의 최고 특성이 극도의 고통을 야기한다.

『인생에 관하여』(XXVI: 340)

우리는 사물의 행복을 이해할 수 없지만 그래도 사물에 대해 안다고 할 수는 있다. 우리 안에서와 마찬가지로 우리는 사물 안에서도 이성의 법칙에 순종하여 살아가는 경향을 발견하기 때문이다.

『인생에 관하여』(XXVI: 357)

인간은 생명이란 것을 행복을 향한 지향이라 이해하고
있다. 인간에게 행복은 인간 생명의 동물적 속성을 이성
의 법칙에 종속시킬 때 획득할 수 있는 무엇이다.

『인생에 관하여』(XXVI: 359)

마리야 공작영애는 피에르의 이야기를 이해했고 그에게 공감했다. 그러나 그녀는 지금 다른 무언가를, 그녀의 주의를 온통 삼켜 버린 다른 무언가를 보았다. 그녀는 나타샤와 피에르 사이에서 사랑과 행복의 가능성을 보았다. 그리고 머리에 처음으로 떠오른 이 생각은 그녀의 마음을 기쁨으로 가득 채웠다.

『전쟁과 평화』(XII: 222)

"하지만 지금 이 순간 누군가가 나에게 포로가 되기 전 상태로 남고 싶은지, 아니면 그 모든 것을 처음부터 다시 겪고 싶은지 묻는다면 나는 다시 한번 포로가 되어 말고 기를 먹고 싶다고 대답할 거예요. 우리는 일단 익숙한 길에서 튕겨 나가면 모든 게 끝장이라고 생각합니다. 그러나 새로운 좋은 것은 오로지 그곳에서만 시작되지요. 삶이 지속되는 한, 행복도 존재합니다. 우리 앞에는 많은 것이, 아주 많은 것이 있어요. 그것이 내가 당신에게 하려는 말입니다." 그는 나타샤를 향해 말했다.

『전쟁과 평화』(XII: 222)

예전에 그를 괴롭히던 것, 그가 끊임없이 찾던 것, 즉 삶의 목적은 이제 그에게 존재하지 않았다. 그가 찾던 그 삶의 목적이란 것이 지금 이 순간에만 우연히 존재하지 않았다는 얘기가 아니다. 그는 그 목적이 존재하지도 않고, 또 존재할 수도 없음을 느꼈다. 바로 그 목적의 부재가 자유에 대한 충만하고 기쁜 자각, 그 무렵 그의 행복을 만들어 내던 그 자각을 그에게 선사했던 것이다.

『전쟁과 평화』(XII: 205)

피에르는 오룔에서 회복기 내내 기쁨과 자유와 생명을 느꼈다. 여행하는 동안 문득 자신이 자유의 세계에 있다는 것을 깨닫고는 수백 명의 새로운 얼굴들을 보았을 때 이러한 감정은 한층 강해졌다. 그는 여행 내내 방학을 맞은 초등학생의 기쁨을 맛보았다. 모든 사람 — 마부, 역참지기, 길가의 농부들, 마을의 농부들 —이 그에게 새로운 의미를 지닌 존재가 되었다. 빌라르스키가 옆에서 러시아의 가난과 무지몽매와 유럽에 뒤처진 점등을 지적하며 끊임없이 구시렁거리는 것도 피에르에게는 기쁨을 불러일으켰다. 빌라르스키가 사멸의 장소라 여긴 곳에서 피에르는 놀랍도록 강렬한 생명을, 눈 덮인 그 광활한 공간에서 온전하고 특별하고 단일한 민족의 삶을 지탱해 주는 힘을 보았다.

『전쟁과 평화』(XII: 210-211)

피에르가 자신은 도저히 감당할 수 없다고 생각했던 예기치 못한 환희의 광기가 그를 사로잡았다. 인생의 모든 의미란 이제 그 자신뿐 아니라 세상 모든 이에게 그의 사랑과 그녀가 그를 사랑할 가능성에 있는 것 같았다. 때때로 그에게는 모든 사람이 오직 한 가지, 즉 그에게 닥쳐올 미래의 행복에만 관심을 갖는 것처럼 보였다. 그들은 때로 자신과 똑같이 기뻐하면서도 그저 다른 관심거리에 몰두하는 척하며 그 기쁨을 숨기려 애쓰는 것 같았다. 그들의 말 한마디, 한마디에서, 몸짓 하나, 하나에서 그는 자신의 행복에 대한 암시를 보았다.

『전쟁과 평화』(XII: 229)

피에르는 훗날 이 행복한 광기의 시간을 종종 떠올렸다. 이 시기 그가 사람과 환경에 대해 내린 모든 판단은 그에게 영원히 진실로 남았다. 그는 그 후에도 사람과 사물에 대한 이런 시선을 버리지 않았을 뿐 아니라 오히려 마음속에 의혹과 모순이 생길 때면 이 광기의 시간에 가졌던 시선에 의지하곤 했다. 그리고 그 시선은 언제나 옳다고 판명되었다.

'아마도 난 그때 괴상하고 우스꽝스럽게 보였겠지. 하지만 그때 난 겉보기처럼 그렇게 정신 나간 상태는 아니었어. 오히려 그 어느 때보다도 더 현명하고, 명민했고, 삶에서 이해해야 할 것은 모조리 이해했지. 왜냐하면 … 난 행복했으니까.' 그는 생각했다.

『전쟁과 평화』(XII: 230)

그는 예전에는 느끼지 못했던 고요한 기쁨과 평화와 만인에 대한 사랑을 느끼며 바깥으로 나왔다. 마슬로바가 어떤 행동을 하더라도 그녀에 대한 사랑은 변하지 않으리라는 생각이 네흘류도프를 기쁘게 했으며 이제까지 경험하지 못했던 숭고한 인식의 차원으로 그를 끌어올렸다. 그의 사랑은 그 자신을 위한 것이 아니었다. 그녀를 위해서, 또 신을 위해서 그는 그녀를 사랑했다.

『부활』(XXXII: 308)

'그렇다, 완전히 새로운 세계, 완전히 다른 세계다.' 네흘류도프는 근육이 울퉁불퉁하게 불거진 메마른 팔다리들, 집에서 만든 거친 옷들과 햇볕에 그을리고 풍상에 지친 친절한 얼굴들을 바라보면서 생각했다. 그는 이 순간 자신이 진정으로 노동하는 인간적 삶에서 촉발되는 진지한 관심과 기쁨 그리고 고통을 지닌 완전히 새로운 사람들에게 둘러싸여 있다는 느낌을 받았다.

『부활』(XXXII: 361)

행군을 시작하고 두 달이 지나자 그녀의 내면에서 일어난 변화는 외모에서도 드러났다. 그녀는 살이 빠지고 햇볕에 그을려서 늙어 보였다. 관자놀이와 입가에는 잔주름이 패였고 머리카락이 흘러내리지 않도록 이마 위에 수건을 동여맸기 때문에, 복장이나 헤어스타일이나 태도에서 지난날의 교태는 찾아볼 수 없었다. 그녀의 내면에 일어났고 지금도 일어나고 있는 이런 변화는 네흘류도프에게서 각별한 기쁨의 감정을 불러일으켰다. 예전에는 한 번도 경험해 본 적이 없는 감정을 그는 지금 그녀에게 느꼈다. 이런 감정은 최초의 시적인 매료와 전혀 달랐고 나중에 느꼈던 감각적인 연정과는 더욱 달랐으며 심지어 재판 후 그녀와의 결혼을 결심했을 때 느꼈던 자존심과 뒤엉킨 의무감과도 아주 달랐다.

『부활』(XXXII: 372)

지금 그는 무슨 생각을 하든 또 무엇을 하든 그녀뿐 아니라 모든 사람에게 연민과 부드러운 감동의 마음가짐으로 대했다. 이런 감정은 지금까지 출구를 찾지 못하던 사랑의 물줄기를 네흘류도프의 영혼 속에 뚫어 주었고, 이제 그는 자신이 만나는 모든 사람을 향해 이 사랑을 쏟아 부었다.

『부활』(XXXII: 372)

인간은 누구나 어린 시절부터 알고 있다, 이 세상에는 개인의 동물적 행복보다 더 훌륭한 행복이 있으며, 이 행복은 동물적 욕망 충족과는 무관할 뿐만 아니라 그 반대로, 동물적 개인의 행복을 포기하면 포기할수록 더 커지는 어떤 것이라는 사실을 말이다. 인생의 모든 모순을 해결하는 이 감정, 인간에게 최고의 행복을 가져다주는 이 감정을 인간은 누구나 잘 알고 있다. 그 감정은 다름 아닌 '사랑'이다.

『인생에 관하여』(XXVI: 382)

사랑

любовь

진정한 사랑은 동물적 개인의 행복을 포기할 때에만 가능하다. 인간이 자신에게 동물적 행복이란 존재하지 않는다는 점을 아는 순간 비로소 진정한 사랑의 가능성이 열린다.

『인생에 관하여』(XXVI: 389)

'행복이란 타인을 위해 사는 데 있다. 이건 분명한 사실이다. 인간의 내면에는 행복에 대한 요구가 들어 있다. 그러니 그 요구는 정당해야 한다. 그 요구를 이기적으로 추구한다면, 요컨대 자신을 위한 부와 명예, 생활의 편리함, 애정 등을 추구한다면, 이런 욕망을 충족시키는 것이 불가능해지는 상황이 닥칠 수 있다. 정당하지 않은 것은 이런 욕망이지 행복에 대한 요구 자체는 아니다. 외적인 조건과 상관없이 항상 충족될 수 있는 욕망이 과연 어디 있겠는가? 과연 어떤 욕망이 그럴 수 있겠는가? 사랑, 그리고 자기희생이다!' 그에게 이는 완전히 새로운 진리였으며 그는 이것을 발견한 것이 너무나 기쁘고 설레어 자리에서 벌떡 일어나 누구를 위해 어서 빨리 헌신할 것인지, 누구에게 선을 행할 것인지, 누구를 사랑할 것인지에 관해 성급하게 생각하기 시작했다.

『카자크인들』(VI: 77-78)

안드레이 공작은 모든 것을 기억해 냈다. 그러자 이 남자에 대한 감격에 찬 연민과 사랑이 그의 행복한 가슴을 가득 채웠다. 안드레이 공작은 더 이상 참지 못하고 인간들에 대해, 자신에 대해, 그들과 자신의 방종에 대해 애정 어린 부드러운 눈물을 흘리며 울기 시작했다.

'연민, 형제들에 대한 사랑, 우리를 사랑하는 사람들에 대한 사랑, 우리를 미워하는 사람들에 대한 사랑, 원수에 대한 사랑, 그래, 하느님이 지상에서 설파하신 사랑, 내 동생 마리야가 내게 가르쳐 준 사랑, 내가 이해하지 못한 사랑. 그것이 내가 삶을 아쉬워한 이유였어. 그것이 내가 살아남게 되면 내가 따라야 할 유일한 일이었어. 하지만 너무 늦었어. 이제야 알겠어!'

『전쟁과 평화』(XI: 258)

'그래, 사랑이야. (다시 그는 완전히 맑은 정신으로 생각하기 시작했다) 하지만 무언가를 얻기 위한 사랑, 어떤 목적이나 이유에서 오는 사랑이 아니다. 그건 죽어 가던 내가 나의 원수를 보았을 때 그가 원수임에도 그를 향해 느낀 그런 사랑이다. 나는 그런 사랑은 생전 처음 경험했다. 영혼의 본질이자 대상이 필요하지 않는 사랑을 경험한 거다. 나는 지금도 그 축복받은 감정을 만끽하고 있다. 이웃을 향한 사랑, 원수를 향한 사랑, 모든 것에 대한 사랑, 만물에 임재하는 하느님을 향한 사랑 말이다. 소중한 사람을 사랑하는 것은 인간의 사랑만으로도 가능하다. 하지만 원수는 오직 하느님의 사랑으로만 사랑할 수 있다. 바로 그런 이유에서 나는 내가 그 남자를 사랑한다고 느꼈을 때 그런 큰 기쁨을 맛보았던 거야. 그는 어떻게 되었을까? 살아 있을는지….

『전쟁과 평화』(XI: 386-387)

그녀는 갑자기 나무통 위로 팔짝 뛰어올랐다. 그러자 키가 보리스보다 더 커졌다. 그녀는 맨살이 드러난 가느다란 팔로 그를 껴안았다. 그의 어깨보다 더 위쪽에서 두 팔이 그를 감쌌다. 그녀는 고개를 흔들어 머리카락을 뒤로 넘기고는 그의 입술에 바짝 키스했다.

그녀는 화분들 사이를 미끄러지듯 지나가 꽃들의 맞은편에서 걸음을 멈추고는 고개를 숙였다.

"나타샤." 그가 말했다. "당신은 알고 있지요, 내가 당신을 사랑한다는 것을요. 하지만…"

"저와 사랑에 빠진 거죠?" 나타샤가 그의 말을 가로챘다.

"그래요, 사랑에 빠졌어요. 하지만 부탁이니 지금 같은 그런, 그런 행동은 하지 말기로 해요. 사 년만 더 있으면…. 그때는 내가 당신에게 청혼할게요."

나타샤는 생각했다.

"열셋, 열넷, 열다섯, 열여섯…." 그녀는 가느다란 손가락을 꼽으며 말했다. "좋아요! 그럼 약속한 거죠?"

기쁨과 안도의 미소가 그녀의 생기발랄한 얼굴을 환하게 비추었다.

▶▶

▶▶

"약속해요!" 보리스가 말했다.

"영원히요?" 소녀가 말했다. "죽을 때까지요?"

그러고 나서 그녀는 그와 팔짱을 끼고서 행복한 얼굴로 응접실을 향해 사뿐사뿐 걸어갔다.

『전쟁과 평화』(IX: 54)

사람들이 둘씩 짝을 지어 자리를 잡고 악사들이 음을 고르는 동안 피에르는 자그마한 숙녀와 나란히 앉았다. 나타샤는 더없이 행복했다. 어른과, 그것도 외국에서 돌아온 남자와 춤을 추는 것이다. 그녀는 모든 사람이 보는 앞에 앉아서 마치 다 큰 숙녀처럼 그와 담소했다. 손에는 어느 아가씨가 쥐어 준 부채가 들려 있었다. 나타샤는 사교계 여성들이 늘 취하는 자세로 부채를 흔들면서(그녀가 언제 어디에서 그런 것을 배웠는지는 신만이 아실 일이다), 그리고 부채 너머로 미소를 지어 보이면서 자신의 기사와 이야기를 나누었다.

『전쟁과 평화』(IX: 82)

마리야 공작 영애가 아버지의 방에서 돌아왔을 때 어린 공작부인은 일감을 들고 앉아 임신한 여인들에게서만 볼 수 있는 행복하고도 평온한 내면의 시선이 어린 독특한 표정으로 마리야를 바라보았다. 그녀의 눈은 마리야가 아니라 자신의 내면 깊은 곳을, 자기 안에서 일어나고 있는 무언가 행복하고도 신비한 것을 보는 것 같았다.

"마리." 그녀는 자수틀을 내려놓고 몸을 뒤로 젖히며 말했다. "여기에 손을 얹어 봐요." 그녀는 공작 영애의 손을 잡아 자신의 배 위에 올려놓았다.

그녀의 눈은 기대감에 부풀어 미소를 지었고, 위로 치켜 올라간 솜털 보송한 윗입술은 어린아이같이 행복한 모습으로 계속 들려 있었다.

"여기에요, 여기, 들려요? 너무 신기해요. 저는요, 마리, 이 아이를 아주 많이 사랑해 줄 거에요." 리자는 행복하게 빛나는 눈으로 시누이를 바라보며 말했다.

『전쟁과 평화』(X: 34)

'어째서 아이를 저기로 데려갔을까?' 처음에 안드레이 공작은 그렇게 생각했다. '아기라니? 웬 갓난아기람…? 어째서 저기 아기가 있지? 아니, 아기가 태어났단 말인가?' 그 울음소리의 기쁜 의미를 완전히 깨달은 순간 그는 눈물로 숨이 막혔다. 그는 창턱에 팔꿈치를 괴고 어린아이처럼 꺼이꺼이 울기 시작했다.

『전쟁과 평화』(X: 41)

"곧 가져갑니다." 귀에 익은 명랑한 목소리가 복도에서 들려왔다.

네흘류도프의 가슴은 기쁨으로 요동치기 시작했다. '아직도 있구나!' 먹구름 사이로 태양이 모습을 드러내는 순간이었다. 네흘류도프는 옷을 갈아입기 위해서 티혼과 함께 옛날 자기 방으로 올라갔다.

『부활』(XXXII: 51)

카튜샤는 고모가 들려 보낸, 막 포장을 뜯은 향기로운 비
누와 커다란 러시아식 수건과 부드러운 기모 수건을 가
져왔다. 글자가 새겨진, 아무도 사용하지 않은 새 비누와
수건, 그리고 그녀. 이 모두가 깨끗하고 신선하고 때 묻
지 않고 상쾌했다. 예전에 자기를 바라볼 때와 똑같이 야
무지고, 귀엽고 빨간 그녀의 입술 부근에는 기쁨을 억누
르지 못해서 생기는 잔주름이 새겨져 있었다.

『부활』(XXXII: 52)

그녀는 인간이 오를 수 있는 행복의 절정에 다다랐다. 그 단계에 오르면 인간은 완전히 선하고 참된 사람이 되어 악이니 불행이니 슬픔이니 하는 것들이 존재할 수 있다는 사실 자체를 아예 믿지 않게 된다.

『전쟁과 평화』(X: 206)

그는 노래를 부르고 있는 나타샤를 바라보았다. 그러자 그의 영혼에서 무언가 새롭고 행복한 것이 생겨났다. 그는 행복했고 동시에 슬펐다. 그에게는 눈물을 흘릴 만한 일이 전혀 없었다. 그러나 그는 금방이라도 울음을 터뜨릴 것만 같았다. 무엇 때문일까? 옛사랑 때문에? 죽은 아내 때문에? 자괴감 때문에? 미래에 대한 희망 때문에? 그렇기도 하고 그렇지 않기도 했다. 그가 울고 싶었던 것은 무엇보다 그의 내부에 존재하는 끝없이 위대하고 불분명한 무언가와 그 자신, 그리고 심지어 그녀가 속한 협소하고 육체적인 무언가 사이의 무시무시한 대립을 불현듯 생생하게 인식했기 때문이었다. 그 대립은 그녀가 노래하는 동안 그에게 고통과 기쁨을 동시에 주었다.

『전쟁과 평화』(X: 212)

"누군가 나에게 내가 이처럼 사랑할 수 있을 거라고 말했다면 난 그 말을 믿지 않았을 거네." 안드레이 공작이 말했다. "이 감정은 내가 예전에 경험한 것과는 완전히 달라. 내게는 세상이 둘로 나뉘어 있어. 하나는 그 아가씨야. 거기에는 모든 행복과 희망과 빛이 있어. 다른 하나는 그녀가 없는 모든 것이야. 거기엔 우울과 어둠뿐이야…"

"어둠과 암흑." 피에르가 그의 말을 되풀이했다. "그래…. 나도 알겠네."

"난 빛을 사랑하지 않을 수 없어. 그건 내 잘못이 아니야. 그리고 난 너무 행복해. 자네는 이해하겠지? 난 자네도 내 일을 기뻐하고 있다는 걸 알아."

『전쟁과 평화』(X: 222)

그는 자신이 사랑에 빠졌다는 것을 직감했다. 그러나 그에게 그 사랑은 예전처럼 신비롭지 않았다. 그 자신 또한 일생에 단 한 번만 사랑할 수 있다고 믿었던 시절의 그런 사랑을 지금 하고 있다고 인정할 수는 없었다. 그는 그런 사실을 잘 알면서도 기쁨을 느꼈고 그 사랑이 어떤 것인지, 또 그것이 어떤 결과를 가져올지 어렴풋이 예감하면서도 그 사실을 스스로에게 감춘 채 사랑에 빠져들었다.

『부활』(XXXII: 53)

모든 것이 축일답게 장엄하면서도 즐겁고 아름다웠다.
금빛 십자가가 수 놓인 은색 제의를 입은 사제, 축일용
의 금빛과 은빛의 제의를 입은 부제와 보제들, 머릿기름
을 바르고 성장을 한 성가대원들, 즐거운 무용곡처럼 들
리는 축일 송가, 꽃으로 장식된 양초 세 개가 꽂힌 촛대
를 손에 든 채 끊임없이 '예수 부활하셨네! 예수 부활하
셨네!'를 되풀이하며 사람들에게 축복을 내리는 사제의
음성 등, 모든 것이 아름다웠다. 그러나 그중에서도 가장
아름다운 것은 흰옷에 푸른 허리띠를 두르고 흑단 같은
머리에 새빨간 리본을 단 카튜샤, 환희로 가득 찬 두 눈
을 반짝이는 카튜샤였다.

『부활』(XXXII: 52)

'나의 소명은 다른 거야.' 마리야 공작 영애는 속으로 생각했다. '나의 소명은 다른 행복, 그러니까 사랑과 자기희생이라는 행복으로 행복해지는 거야. 어떤 희생을 치르던 나는 가엾은 아멜리에를 행복하게 해 주겠어. 그녀는 그를 열렬히 사랑해. 그녀는 몹시 후회하고 있어. 난 그녀와 그의 결혼을 추진하기 위해 모든 것을 할 거야. 그가 부유하지 않다면 내가 그녀에게 재산을 주겠어. 아버지에게 부탁하고 안드레이에게도 부탁해 봐야지. 그녀가 그의 아내가 된다면 난 너무 행복할 거야.

『전쟁과 평화』(IX: 284)

그는 그녀의 손을 잡고 입을 맞추었다.

"날 사랑합니까?"

"네, 네."

나타샤는 마치 화라도 난 듯이 말했다. 그녀는 크게 한숨을 내쉬고는 계속 가쁘게 숨을 헐떡이다가 마침내 흐느껴 울기 시작했다.

"아니 왜 그러세요? 무슨 일입니까?"

"아, 너무 행복해서요."

그녀는 눈물을 통해 미소지으며 대답했다. 그리고 그에게 가까이 몸을 숙이고 마치 이래도 되나 하고 스스로에게 묻듯이 잠시 생각하더니 그에게 입을 맞추었다.

안드레이 공작은 그녀의 손을 잡고 눈을 바라보았다. 그런데 그는 자신의 내면에서 그녀에게 가졌던 예전의 사랑을 찾을 수 없었다. 그의 마음속에서 무언가가 갑자기 확 뒤집힌 듯했다. 이전에 가졌던 시적이고 신비한 갈망의 매력이 사라졌던 것이다. 그 대신 그녀의 여성적이고 아이 같은 연약함에 대한 연민, 그녀의 전적인 헌신과 신뢰에 대한 두려움, 그와 그녀를 영원히 묶어놓을 의무에

▶▶

대한 괴롭고도 기쁜 자각이 있었다. 이 감정은 예전처럼 그렇게 눈부시고 시적인 것은 아니었지만 대신 더 진지하고 더 강렬했다.

『전쟁과 평화』(X: 227)

레빈은 지속적으로 불편함과 지루함을 겪었지만, 행복은 시간이 갈수록 농밀해졌다. 그는 항상 자기가 모르는 일을 해야만 한다고 생각했지만, 사람들이 시키는 일을 다 함으로써 편안한 기분을 맛보았다. 이전 같으면 자신의 결혼식은 다른 사람들의 결혼식과는 절대 같지 않을 것이며 관례 같은 것은 자신의 특별한 행복을 망가뜨린다고 생각했다. 하지만 그는 결국 다른 사람들이 하는 대로 했으며, 이로 인해 오히려 행복감은 점점 더 켜져 갔다. 그리하여 그의 행복은 점점 더 특별한 것, 요컨대 과거에나, 현재에나 그 무엇과도 비교 불가능한 것이 되어 갔다.

『안나 카레니나』(XVIII: 428)

그녀는 남편의 팔을 잡아당기며 그에게 더욱 바짝 몸을 밀착시켰다. 아내의 임신에 대한 생각이 한시도 그를 떠나지 않는 이때, 그는 아까 있었던 불쾌한 느낌은 벌써 잊어버리고 아내와 단둘이 있음에서 오는 새롭고 기쁜 감정, 사랑하는 여인 옆에서 느껴지는, 육욕과는 거리가 먼 완벽하게 순결한 기쁨을 경험했다. 그는 할 말이 없었지만 그녀의 목소리를 듣고 싶었다. 아이를 가진 지금 그녀의 목소리는 눈길과 마찬가지로 예전과는 달랐다. 눈길이 그렇듯 목소리에서도 끊임없이 좋아하는 일 한 가지에만 집중하는 사람들에게서 발견되는 바와 같은 진지함과 부드러움이 묻어났다.

『안나 카레니나』(XIX: 130-131)

안드레이 공작은 사교계에서 성장한 사람들이 으레 그러하듯이 사교계의 공통된 특징이 없는 대상을 사교계에서 만날 때 행복했다. 놀라움과 기쁨과 수줍음을 내보이는, 심지어 프랑스어도 완벽하게 못 하는 나타샤는 바로 그러한 대상이었다. 그는 각별히 부드럽고 조심스러운 태도로 그녀와 이야기를 나누었다. 그녀 옆에 앉아 지극히 소박하고 사소한 화제에 관해 이야기를 나누면서 안드레이 공작은 그녀의 눈동자와 미소에 어린 즐거운 광휘를 황홀하게 바라보았다. 그녀의 미소는 그들이 나누는 이야기가 아닌 그녀의 내적인 행복에서 나오는 것이었다.

『전쟁과 평화』(X: 205)

보로네시에서의 체류가 끝나갈 무렵에 마리야 공작 영애는 인생에서 최고의 행복을 맛보았다. 로스토프를 향한 사랑은 이미 그녀를 괴롭히지도 흥분시키지도 않았다. 그 사랑은 그녀의 영혼을 가득 채우고 그녀 자신의 분리할 수 없는 일부가 되었다. 그녀는 더 이상 그 사랑에 저항하지 않았다. 최근 마리야 공작 영애는 - 스스로에게 단 한 번도 분명하게 표현한 적은 없지만 - 자신이 사랑받고 또 사랑하고 있다는 것을 확신했던 것이다.

『전쟁과 평화』(XII: 52)

네흘류도프에게는 제단 앞 성화대가 황금색으로 빛나는 것도, 샹들리에와 촛대의 모든 촛불이 타오르는 것도, '주 예수 부활하셨으니 만백성들아 기뻐하라!'라는 환희에 찬 찬송가도 모두 그녀를 위한 것처럼 느껴졌다. 세상의 모든 아름다운 것들은 그녀를 위해서 존재했다. 그는 카튜샤도 이 모든 것이 그녀 자신을 위해 존재한다는 사실을 알고 있으리라고 생각했다.

『부활』(XXXII: 55-56)

남녀 간의 사랑에는 언제나 그 사랑이 절정에 달하는 순간이 있는데, 그 순간에는 의식도 이성도 감각도 모두 사라진다. 거룩한 부활성야는 네흘류도프에게 있어서 바로 그런 순간이었다. 지금 카튜샤를 돌이켜 생각해 보면, 그 순간은 그녀와 만났던 다른 모든 시간보다 훨씬 강렬한 인상을 남겨서 일체의 다른 기억을 희미하게 만들었다.

『부활』(XXXII: 57)

그녀의 말에는 특별할 것이 전혀 없었으나 레빈에게는 그녀의 말 한마디 한마디가, 입술이며 눈은 물론 손의 움직임 하나하나가 말로는 다 표현하지 못하는 의미를 담고 있는 것만 같았다! 여기에는 용서를 구하는 마음과 그에 대한 신뢰와 부드럽고 수줍은 애정과 약속과 희망과 사랑이 있었다. 그는 이 모든 것을 믿지 않을 수 없었고 행복감으로 숨이 막히는 것만 같았다.

『안나 카레니나』(XVIII: 405)

그는 오랫동안 그녀가 쓴 말을 이해하지 못하고 자꾸만 그녀의 눈을 들여다보았다. 행복에 취해서 정신이 혼미해졌기 때문이다. 그는 그녀가 무슨 말을 하려고 하는지 도무지 알 수 없었다. 하지만 행복으로 빛나는 그녀의 눈에서 자신이 알아야 할 모든 것을 이해했다.

『안나 카레니나』(XVIII: 419)

그의 행복, 그의 삶, 그 자체, 그가 오랫동안 찾아 헤맸던 자기 자신보다 더 훌륭한 어떤 존재가 날아갈 듯이 다가왔다. 그녀는 걸어오는 것이 아니라 보이지 않는 어떤 힘에 인도되어 다가오는 것 같았다. 레빈은 그저 그를 가득 채운 바로 그 사랑의 기쁨으로 놀란 듯한 그녀의 맑고 정직한 두 눈을 바라볼 뿐이었다. 그녀의 빛나는 두 눈은 사랑의 광채로 그를 눈멀게 하며 점점 더 가까이 다가왔다.

『안나 카레니나』(XVIII: 425)

그녀는 이제 그녀에게는 어느 정도 이미 실재하는 것이나 마찬가지인 장차 태어날 아기에 대한 새로운 사랑의 감정이 자신의 내부에서 싹트고 있음을 분명하게 깨달았다. 그녀는 이 감정을 환희에 차서 받아들였다. 아기는 이미 그녀의 일부였지만 때로 그녀로부터 독립된 자신의 삶을 살고 있었다. 종종 그런 점 때문에 그녀는 고통스러웠지만, 또한 그와 동시에 이상하고 새로운 기쁨이 밀려와 웃고 싶어질 때도 있었다.

『안나 카레니나』(XIX: 247)

안드레이 공작은 이렇게 덧붙이고 나룻배에서 내려 피에르가 가리킨 하늘을 올려다보았다. 아우스터리츠 전투 이후 처음으로 그는 아우스터리츠 들판에 누워 바라보았던 저 높고 영원한 창공을 보았다. 그러자 오래전에 잠든 무언가가, 그의 내면에 있던 가장 훌륭한 무언가가 갑자기 영혼 속에서 새로이 즐겁게 깨어났다. 그 느낌은 안드레이 공작이 다시 저 낯익은 일상으로 들어가기가 무섭게 사라졌다. 그러나 그는 자신이 성장시키지 못한 그 감정이 내면에 살아 있음을 알고 있었다. 피에르와의 만남은 안드레이 공작에게 획기적인 사건이었다. 그 사건으로 인해 그의 내면세계에서는 겉으로는 예전과 똑같이 보이지만 완전히 새로운 삶이 시작되고 있었다.

『전쟁과 평화』(X: 117-118)

자연

природа

그는 어제 본 사슴 발자국을 찾아냈고 어제 사슴이 누워 있었던 수풀 속 관목 아래 바로 그 장소로 들어가 그 굴에 누웠다. 그는 주변의 짙은 수풀과 땅이 차 축축한 자리, 어제의 똥, 사슴의 무릎에 눌린 자국, 사슴이 흩트려 놓은 검은 흙덩어리, 자기 발자국을 둘러보았다. 그는 선선함과 아늑함을 맛보았다. 그는 아무것도 생각하지 않았고 아무것도 바라지 않았다. 그러자 갑자기 이유 없는 행복감과 모든 것을 향한 사랑이라는 이상한 감정이 그를 덮쳐와서 그는 어린 시절의 옛 습관대로 성호를 긋고 누군가에게 감사를 드렸다.

『카자크인들』(VI: 76)

완벽하게 맑고 조용하고 무더운 날이었다. 숲속인데도 아침의 신선함은 온데간데없었다. 수억 마리의 모기가 문자 그대로 그의 얼굴과 등과 손에 찰싹 달라붙었다. 검은 개는 등을 뒤덮은 모기 때문에 쥐색으로 보였다. 모기들이 침으로 찔러 댄 체르케스케도 마찬가지였다. 올레닌은 모기떼를 피해 도망가려고 했다. 여름에는 마을에서 사는 것이 불가능하다는 생각이 들었다. 그의 마음은 이미 집을 향해 가고 있었다. 그렇지만 이곳에도 사람들이 살고 있다는 사실을 상기하고는 그는 견뎌 내기로 결심했다. 그는 모기들에게 실컷 빨아 먹으라고 자신을 내주었다. 그러자 이상하게도 정오쯤 되자 이 느낌은 그에게 유쾌한 일이 되어 버렸다. 심지어 만약에 그를 사방에서 에워싸고 있는 이 모기들의 대기가 없었더라면, 땀에 젖은 얼굴을 문지를 때 손에 잡히는 이 모기 반죽이 없었더라면, 온몸을 괴롭히는 이 견딜 수 없는 간지러움이 없었더라면 이 숲은 개성과 매력을 상실했을 것이라는 생각까지 들었다.

『카자크인들』(VI: 75-76)

행복이란 자연과 함께하는 것, 자연을 보는 것, 그리고
자연과 대화하는 것이다.

『카자크인들』(VI: 121)

그녀는 행복하다. 그녀는 자연처럼 한결같고, 평온하고,
그 자체로 충분한 존재다.

『카자크인들』(VI: 122)

어째서 예전에는 저 높은 하늘을 보지 못했을까? 마침내 저 하늘을 알게 되었으니 나는 정말로 행복하구나! 그렇다! 모든 게 다 부질없다. 저 무한한 하늘 외에는 모든 게 다 거짓이다. 저 하늘 외에는 아무것도, 아무것도 존재하지 않는다. 하지만 그것조차도 없다. 정적과 평온 외에 아무것도 없다. 아, 하느님, 감사합니다!'

『전쟁과 평화』(IX: 344)

그는 저 멀리 높은 곳에 펼쳐진 영원한 하늘을 보았다. 그는 이 사람이 자신의 영웅 나폴레옹임을 알아차렸다. 그러나 구름이 질주하는 저 높고 무한한 하늘과 자신의 영혼 사이에서 지금 일어나고 있는 일에 비하자면 나폴레옹은 몹시 작고 하찮은 인간으로 보였다. 이 순간 그에게는 옆에 서 있는 사람이 누구든, 자신에 대해 무슨 말을 하든 아무 상관이 없었다. 그저 사람들이 옆에 멈춰주어 기뻤으며, 그 사람들이 도움의 손길을 내밀어 너무나 아름답게 느껴지는 삶으로 자신을 되돌려 주기만 바랄 뿐이었다. 이제 그는 삶을 완전히 다른 방식으로 이해하게 되었기 때문이다.

『전쟁과 평화』(IX: 357)

하루종일 무더위가 계속되었고 금방이라도 어디선가 뇌우가 닥쳐올 것 같았다. 그러나 작은 구름 한 조각이 길가의 먼지와 싱싱한 잎사귀에 빗방울을 흩뿌렸을 뿐이다. 숲의 왼편은 그늘이 드리워 어두웠다. 빗물에 젖어 윤기가 도는 오른편 숲은 바람에 흔들릴 때마다 햇빛을 반사하며 반짝반짝 빛났다. 모든 것이 만개했다. 꾀꼬리들이 지저귀는 소리는 때로는 멀리서, 때로 가까이에서 울려 퍼졌다.

'맞아, 여기 이 숲속에 나와 같은 생각을 했던 참나무가 있었지.' 안드레이 공작은 생각했다. '어디 있었더라.' 안드레이 공작은 길 왼편을 쳐다보며 다시 생각했다. 그리고 그는 부지불식간에, 긴가민가하면서도 자기가 찾고 있던 나무를 감탄하며 바라보았다. 완전히 탈바꿈한 늙은 참나무는 싱그럽고 짙푸른 녹음을 장막처럼 펼친 채 저녁해의 광휘에 가볍게 흔들리며 더없는 기쁨에 잠겨 있었다. 옹이투성이의 손가락도, 종기도, 오래된 의심도, 슬픔도, 아무것도 보이지 않았다. 100년이나 묵은 완고한 나무껍질을 뚫고서 싱싱한 어린 잎사귀들이 줄기도

▶▶

없이 움트고 있었다. 이 늙은 나무가 그것들을 만들어 냈다고는 믿을 수 없을 정도였다. '그래, 바로 그 참나무야.' 안드레이 공작은 이렇게 생각하면서 갑자기 아무런 이유도 없이 봄날 같은 환희와 갱생의 감정을 느꼈다.

『전쟁과 평화』(X: 158)

첫날 아침 일찍 일어난 그가 동틀 무렵 막사를 나와 가장 먼저 노보데비치 수도원의 시커먼 돔과 십자가를 보았을 때, 흙먼지로 뒤덮인 풀 위에 맺힌 얼어붙은 이슬과 보로비요프 언덕의 구릉지대와 강물을 따라 굽이치며 연보랏빛 도는 원경으로 아득하게 사라지는 강변의 숲을 보았을 때, 가볍게 스치는 신선한 공기의 접촉을 느꼈을 때, 모스크바에서 들판을 지나 날아온 갈까마귀들의 울음소리를 들었을 때, 그러다가 갑자기 동쪽에서부터 햇빛이 물보라처럼 흩날리고 먹구름 사이에서 태양의 가장자리가 장엄하게 떠오르며 둥근 지붕과 십자가와 이슬과 원경과 먼 곳과 강이, 모든 것이 기쁨의 빛 속에서 뛰놀기 시작했을 때, 피에르는 이제까지 한 번도 경험하지 못했던 새로운 감각을, 생명의 환희와 생명의 저 완강한 힘을 느꼈다.

『전쟁과 평화』(XII: 98)

아낙네들은 갈퀴를 어깨에 둘러메고 갖가지 선명한 색채를 빛내며 유쾌한 목소리로 소리높여 떠들어 대면서 수레의 뒤를 따라갔다. 한 아낙네의 거친 목소리가 노래를 부르기 시작하여 반복해 부르는 대목에 이르자, 뒤이어 굵직한 목소리와 가느다란 목소리, 그리고 기운찬 목소리 등 50 여가지 다양한 목소리들이 이 노래를 처음부터 다시 합창을 했다. 아낙네들은 노래를 부르면서 그에게로 다가왔다. 마치 환희의 천둥을 동반한 먹구름이 몰려드는 것 같았다. 먹구름은 몰려와서 단박에 그를 휘감아 버렸다. 그가 누워있던 풀더미와 다른 풀더미들, 짐수레와 저만치 펼쳐진 초원의 풀밭, 이 모든 것이 외침 소리와 휘파람 소리와 장단을 맞추는 소리가 뒤섞인 이 야성적이고 신바람 나는 노랫가락 밑에 가라앉아 흔들리기 시작했다. 레빈은 이 건강한 즐거움이 부러웠다. 그 자신도 이 살아 있는 환희의 표현에 동참하고 싶었다.

『안나 카레니나』(XVIII: 290)

그는 이때 자신이 본 것을 그 후에는 두 번 다시 볼 수 없었다. 특히 학교에 가는 아이들, 지붕에서 보도로 내려앉는 회청색 비둘기들, 얼굴은 가려진 채 손만 보이는 사람이 진열장에다 늘어놓은 가루투성이의 흰 빵, 이런 것들이 그에게 깊은 감동을 주었다. 이 흰 빵과 비둘기와 두 아이는 이 세상의 존재가 아닌 것 같았다. 모든 것이 동시에 일어났다. 한 아이가 비둘기 쪽으로 달려가며 웃는 얼굴로 레빈을 쳐다보았다. 그러자 비둘기는 푸드득 날개를 펄럭이며 햇빛을 받아 대기 중에서 뽀얗게 흩날리는 눈발 속으로 날아올랐다. 그러자 쇼윈도 안에서는 갓 구운 빵 냄새가 풍겨 나왔고, 흰 빵이 진열되었다. 이 모든 것이 너무나 좋았기 때문에 레빈은 환희의 미소와 함께 감격의 눈물까지 흘렸다.

『안나 카레니나』(XVIII: 424)

도시에서도 봄은 역시 봄이었다. 태양이 빛나자 생기를 되찾은 풀잎은 통째로 뽑혀 나가지 않은 곳이라면 어디에서나, 가로수 아래의 풀밭은 물론 심지어 포석 틈새에서도 싹을 틔워 파랗게 자랐으며, 자작나무와 미루나무와 체리 나무는 끈적끈적하고 향기로운 새 잎사귀를 내밀었고, 보리수는 이제 막 움트기 시작한 새순을 터뜨렸다. 갈까마귀와 참새와 비둘기가 봄을 맞아 벌써 즐겁게 둥지를 틀기 시작했고, 파리는 햇살 머금은 따사로운 담장 주변에서 왱왱거렸다. 이렇게 초목도, 새도, 곤충도 그리고 아이들까지도 즐거워했다. 그러나 사람들, 특히 나이를 먹을 대로 먹은 성인들은 자기 자신은 물론 서로를 속이고 괴롭히는 일을 멈추지 않았다. 그들은 이 봄날의 아침도, 삼라만상의 행복을 위해 신이 창조하신 세계의 아름다움도, 요컨대 평화와 조화와 사랑으로 인간을 인도하는 저 아름다운 세상도 중요하게 여기지 않고 신성하게 여기지도 않았다. 그들에게 신성하고 중요한 것은 상대를 지배하기 위해 교활하게 머리를 굴리는 일이었다.

『부활』(XXXII: 3-4)

그해 여름, 그는 고모네 마을에서 하루하루를 이렇게 소일했다. 아침에는 매우 일찍, 때로는 새벽 3시쯤 일어나, 해가 뜨기도 전에, 자욱한 새벽 안개를 뚫고 산기슭에 있는 강으로 목욕을 하러 가서는 아직 풀과 꽃에 맺힌 밤이슬이 사라지기도 전에 집으로 돌아오곤 했다. 아침마다 커피를 마신 다음에는 보통 책상에 앉아서 논문을 쓰거나 논문 자료를 읽었다. 그러나 종종 독서와 집필 대신 들판과 숲속을 거닐기도 했다. 점심 식사 전에는 정원 한 구석에서 낮잠을 잤고 식사 때에는 유쾌한 말솜씨로 고모들을 즐겁게 하기도 하고 웃기기도 했다. 말을 타거나 보트 놀이를 즐기기도 했고, 밤이 되면 다시 독서를 하거나 고모들과 앉아서 카드점을 쳤다. 그러나 밤이면, 특히 달 밝은 밤이면 가슴을 설레게 하는 거대한 삶의 기쁨으로 잠을 이루지 못해서 잠자리를 박차고 나가 공상과 사색에 잠긴 채 먼동이 틀 때까지 정원을 배회하곤 했다.

『부활』(XXXII: 44)

레빈은 그 두 사람 사이에서 걸어갔다. 한창 일을 할 때는 풀베기가 그다지 힘들게 느껴지지 않았다. 비 오듯 흐르는 땀은 몸을 식혀 주었고 등과 머리와 팔꿈치까지 소매를 걷어붙인 팔을 태우는 태양은 일하는 데 필요한 원기와 지구력을 더해 주었다. 지금 하고 있는 일을 망각하게 되는 무아지경의 순간이 점점 더 자주 찾아왔다. 낫이 저절로 풀을 벴다. 행복한 순간이었다.

『안나 카레니나』(XVIII: 266-267)

레빈은 풀을 베면 벨수록 더 빈번하게 무아지경의 순간을 경험했다. 그럴 때면 더 이상 손이 낫을 휘두르는 게 아니었다. 낫이 생명으로 가득 찬 몸과 자기 자신을 의식하면서 저절로 움직였다. 그러자 마치 마술처럼 일에 대한 생각은 전혀 없는데도 일이 제가 알아서 정확하고 정교하게 되어 나갔다. 이럴 때가 가장 행복한 순간이었다.

『안나 카레니나』(XVIII: 267)

오늘날 널리 확산된 인생 지침에 따르면, 욕구의 확장은 바람직한 조건으로, 그러니까, 발전이라던가 문명이라던가 문화라던가 완성이라던가 하는 것의 표상으로 간주된다. 이른바 교양 있는 사람들은 편안함이라는 습관, 즉 사람을 유약하게 만드는 그런 안락함의 습관은 무해할 뿐 아니라 오히려 훌륭한 것이라고, 도덕적 고상함이라고, 즉 덕행을 보여 준다고까지 생각한다. 따라서 욕구가 증대될수록, 그리고 그 욕구가 점점 더 세련되어질수록, 더 바람직하다고 그들은 생각한다.

「첫걸음」(XXIX: 63)

네흘류도프는 건강과 힘과 평온을 느끼던 그 시절의 행복감을 회상하고 있었다. 그의 폐는 털외투가 터질세라 차가운 공기를 들이마셨고 활처럼 굽은 나뭇가지에서 휘날리는 눈가루는 그의 얼굴로 떨어지곤 했다. 몸은 따뜻했고 얼굴은 상쾌했으며 마음속에는 걱정도 회환도 공포도 욕망도 없었다. 얼마나 좋았던가!

『부활』(XXXII: 170)

갑자기 네흘류도프는 그 옛날 자신이 젊고 순수했던 시절, 바로 이곳 강가에서 제분소의 규칙적인 물레방아 소리와 빨랫감을 두드리는 방망이 소리가 들리던 것이, 지금과 같은 봄바람이 살랑살랑 불어와 땀방울이 맺힌 이마 위로 흘러내린 머리카락과 칼자국 난 창턱에 놓인 종잇장을 휘날리게 하던 것이, 파리 한 마리가 놀란 듯이 왱하며 귓전을 스치던 것이 생각났다. 자신이 열여덟 살 청년 시절의 모습 그대로라고 생각할 수는 없었지만, 싱그럽고 순수하며 거대한 미래의 희망으로 충만하던 당시의 기분만은 만끽할 수 있었다.

『부활』(XXXII: 208)

나는 신에게 용서를 구하며 기도하기 시작했다. 나 자신이 혐오스러웠다. 공포감은 오래가지 않았다. 나는 그 자리에 서서 정신을 가다듬은 뒤 한 방향으로만 걸었다. 그리고 결국 숲에서 빠져나왔다. 내가 길을 잃은 곳은 숲 언저리에서 멀지 않은 곳이었다. 나는 숲 언저리의 큰길로 빠져나왔다. 손발이 여전히 덜덜 떨리고 있었고 심장 역시 쿵쿵대고 있었다. 그러나 너무나 기뻤다. 나는 사냥꾼들이 있는 곳으로 가 그들과 함께 집으로 돌아왔다. 기분이 좋았다. 나는 이제 홀로 있을 때도 분별할 수 있는 어떤 기쁨이 내 안에 있다는 것을 깨달았다. 그런 식으로 일이 진행되었다. 나는 서재에 홀로 앉아 내 모든 죄를 되새기며 용서를 구하는 기도를 올렸다. 죄는 몇 가지 안 되는 것 같았다. 그러나 그것들을 머릿속에 떠올리고 나자 금방 역겨워졌다. …

집에 도착한 나는 아내에게 수익이 좋은 영지를 구매하게 되었다며 떠벌리다가 문득 부끄러워졌다. 역겨워졌다. 나는 아내에게 이 영지의 수익은 사람들의 가난과 슬픔으로부터 나오는 것이기 때문에 영지를 살 수 없다고

▶▶

말했다. 그렇게 말한 순간 갑자기 내가 한 말의 진실이 나를 밝게 비춰 주었다. 진실의 핵심은 농민들 역시 우리와 마찬가지로 살기를 원하며, 복음서에 쓰여 있듯 그들은 우리의 형제요, 하느님 아버지의 아들이라는 사실이었다. 갑자기 오랜 시간 나를 압박하고 있던 무언가가 내게서 떨어져 나가고는, 새로운 무언가가 분명하게 생겨났다. 아내는 화를 벌컥 내며 욕설을 퍼부었지만 나는 기뻤다. 이것이 내 광기의 시작이었다.

「광인의 수기」(XXVI: 473-474)

카튜샤가 방으로 들어오거나 혹은 저 멀리서 그녀의 하얀 앞치마가 어른거리기만 해도, 네흘류도프에게는 따사로운 햇살이라도 비친 듯 모든 일이 더 흥미진진하고 더 신나고 더 의미 있게 여겨졌다. 한마디로 삶이 더 즐겁게 되었다는 얘기다. 그녀도 똑같은 감정을 맛보고 있었다. 그러나 카튜샤와 함께 있거나 그녀가 가까이 있을 때만 네흘류도프가 그런 반응을 일으킨 것은 아니었다. 그에게는 카튜샤라는 인간이 이 세상에 존재한다는 생각만으로도, 그리고 그녀에게는 네흘류도프라는 인간이 이 세상에 존재한다는 생각만으로도 그런 반응이 일어났다.

『부활』(XXXII: 45-46)

네흘류도프는 집에 보관된 많은 물건들 가운데 편지 뭉치와 그 사진만을 챙겼다. 나머지 재산, 즉 파노보 마을의 저택과 가구는 늘 웃는 얼굴인 관리인의 주선으로 방앗간 주인에게 시세의 10분의 1 가격으로 팔았다. 쿠즈민스코예 마을에서 느꼈던 재산 손실에 대한 아쉬움을 회상한 네흘류도프는 그때의 그 느낌이 새삼 놀랍게 여겨졌다. 지금 그는 신세계를 발견하고 있는 여행자가 느낄 법한, 끝없는 해방의 기쁨과 미지의 세상에 대한 설레는 느낌을 경험하고 있었다.

『부활』(XII: 232-233)

첫 햇살이 먹구름을 뚫고 하늘에서 빛을 발하더니 곧 하늘과 땅 위를 질주했다. 안개는 파도처럼 협곡 속으로 밀려들었고 이슬이 풀 위에서 반짝이며 뛰놀았다. 하얗게 변한 투명한 구름 조각들은 창공을 분주하게 누비고 다녔다. 새들은 우거진 숲속에서 바스락거리며 마치 어찌할 바를 모르겠다는 듯이 행복하게 조잘거렸다. 잠시도 가만히 있지 않으며 꼼지락거렸고 마치 어찌할 바를 모르는 듯 행복하게 지저귀었다. 우듬지에서는 무성한 잎사귀들이 기뻐하며 평화로이 속삭였고 살아 있는 나무의 가지들은 죽어 쓰러진 나무 위에서 천천히 장엄하게 흔들거렸다.

「세 죽음」(V: 65)

일상, 그리고 행복

жизнь и счастье

신은 내 안으로 들어와 나를 통해 당신의 행복을 희구한다. 그렇다면 도대체 신의 행복이란 무엇인가? 그것은 곧 내가 내 안에서 신 자신이 되는 것이다.

『인생의 길』(XLV: 483)

자기 자신의 영혼 이외에는 그 어떤 것도 자신의 소유라 주장하지 않는 사람은 행복하다. 그런 사람은 탐욕스럽고 사악한 사람들 사이에서, 그들의 미움을 받으면서 산다고 하더라도 행복하다. 그들의 행복은 그 누구도 빼앗아 갈 수 없다.

『인생의 길』(XLV: 483)

개인적 존재의 행복을 불가능하게 만드는 것은 무엇인가? 첫째, 개개인이 자신들만의 행복을 위해 벌이는 투쟁이고, 둘째, 생명의 낭비와 포만과 고통을 야기하는 쾌락의 기만이고, 셋째는 죽음이다.

『인생에 관하여』(XXVI: 370)

올바른 삶은 이교적 세계관에 의해서건 그리스도교적 세계관에 의해서건 똑같이 측정될 수 있다. 그것은 자기애와 타인에 대한 사랑의 관계로써만 측정될 수 있을 뿐 다른 어떤 것으로도 측정될 수 없다. 자기 자신에 대한 사랑과 거기서부터 시작된 자아에 대한 배려나 염려, 그리고 자신을 위해 남들한테 요구하는 각종 수고가 적으면 적을수록 삶은 선해지고, 타인에 대한 사랑과 그로부터 시작된 타인에 대한 배려, 타인을 위한 자신의 수고가 많아지면 많아질수록 삶은 그만큼 더 선하게 되는 법이다. 세상의 모든 현자賢者와 모든 진정한 그리스도교인은 선한 삶을 그렇게 이해했고 지금도 그렇게 이해하고 있다. 가장 평범한 보통 사람들도 그렇게 이해하고 있다. 남들에게 더 많이 주고 자신을 위해 더 적게 요구할수록 그 사람은 좋은 사람이고, 남들에게 적게 주고 자신을 위해 더 많이 요구할수록 그는 나쁜 사람이다.

「첫걸음」(XXIX: 68-69)

올바르게 산다는 것은 남들에게서 받아오는 것보다 남들에게 더 많이 주는 것을 의미한다. 응석을 받아 유약하고 의지박약하게 되어 버린 사람과 사치스러운 생활에 익숙해진 사람은 이것을 할 수가 없다. 첫째, 그는 늘 많은 것을 필요로 한다.(그의 이기주의 때문이 아니라 그가 익숙해졌기 때문에 필요한 것이다. 올바른 삶의 영위는 그에게 익숙한 모든 것을 잃게 되는 고통을 의미한다). 둘째, 남들로부터 받는 모든 것을 소비만 하는 그는 이러한 소비로 인하여 자기 자신을 약하게 만들며 또한 노동과 봉사의 가능성을 스스로에게서 박탈한다. 유약하고 의지박약한 인간, 부드러운 침대에서 늘어지게 자는 인간, 달착지근하고 기름진 음식을 먹어 대는 인간, 술을 고래처럼 마셔 대는 인간, 겨울에는 따뜻한 옷을, 여름에는 시원한 옷을 반드시 입어야 하는 인간, 단 한 번도 힘든 일을 해 본 적이 없는 인간, 이런 인간들이 할 수 있는 것은 거의 없다.

「첫걸음」(XXIX: 69-70)

"우리 자신에게 거짓말하지 맙시다. 지난날의 불안과 흥분이 사라졌으니 얼마나 다행이오! 우리는 찾아내야 할 것도 없고 흥분할 일도 없소, 우리는 이미 찾았고 우리 몫으로 주어진 꽤 괜찮은 행복도 확보했소. 이제 우리는 슬슬 저기 있는 저 사람들에게 길을 내주고 뒷길로 가야 할 때가 되었다오." 바냐를 안고 다가오다가 테라스 문가에 멈춰 선 유모를 가리키며 그가 말했다. "이런 게 인생이라오, 여보." 내 머리를 자기 쪽으로 기울여 입을 맞추면서 그가 말을 맺었다. 내 머리에 입을 맞춘 것은 연인이 아니라 오랜 친구였다.

「가정의 행복」(V: 142)

'내가 무엇 때문에 몸부림을 치는 걸까, 도대체 왜 이 감옥같이 좁다란 틀 안에서 버둥대는 걸까? 삶이, 삶 전체가 그 모든 기쁨과 함께 내 앞에 펼쳐져 있는데.' 그는 속으로 중얼거렸다. 그리고 아주 오랜만에 처음으로 미래에 대해 행복한 계획을 세우기 시작했다. 그는 아들의 양육에 전념하기로, 아들의 교육을 책임질 교사를 구하기로 결심했다. 그다음에는 휴가를 내서 외국에 나가 영국, 스위스, 이탈리아를 둘러보기로 마음먹었다. '내 안에서 이토록 많은 힘과 젊음을 느끼는 동안에 자유를 만끽해야만 한다. 피에르 말이 맞다. 행복해지려면 행복의 가능성을 믿어야 한다고 했지. 이제 난 그의 말을 믿어. 죽은 자들을 장사지내는 일은 죽은 자들에게 맡기자. 하지만 살아 있는 동안에는 살아야 하고 행복해야 한다.'

『전쟁과 평화』(X: 212-213)

그녀를 이제까지 지탱해 준 순수하고 영적인 내적 노동 전체가 처음으로 표면에 나타났다. 만족을 모르는 내적인 노동 전체가, 그녀의 고통과 선에 대한 갈망과 순종과 사랑과 자기희생이 이 순간 그 반짝이는 눈동자와 잔잔한 미소와 부드러운 얼굴의 윤곽선 하나하나에서 빛나고 있었다.

『전쟁과 평화』(XII: 24)

고통이 사라지고 욕구가 충족되고 그 덕분에 직업을, 즉 삶의 방식을 선택할 자유가 생기는 것, 이것이야말로 지금 피에르에게는 의심할 나위 없이 인간을 위한 최상의 행복으로 여겨졌다. 이곳에서, 그리고 인제야 비로소 피에르는 먹고 싶을 때의 음식, 마시고 싶을 때의 음료, 자고 싶을 때의 잠, 추울 때의 온기, 말을 하고 사람의 목소리가 듣고 싶을 때의 대화가 얼마나 소중한 기쁨인가를 절실히 깨달았다. 좋은 음식, 청결, 자유, 이 모든 것을 박탈당한 지금 피에르에게는 이런 욕구의 충족이 완벽한 행복으로 여겨졌다. 그리고 직업의 선택, 즉 살아가는 일이 너무나 제한된 지금 이러한 선택이 어찌나 가벼운 문제로 보이던지, 지나치게 풍족한 생활은 욕구의 충족에서 오는 모든 행복을 깨뜨린다는 것, 직업을 선택할 수 있는 너무 큰 자유, 요컨대 좋은 교육과 부와 사교계의 지위가 자신에게 준 그런 자유는 오히려 직업의 선택을 해결할 수 없을 정도의 난제로 만들며 직업의 필요성과 가능성 자체를 무너뜨린다는 점을 스스로도 잊을 정도였다.

『전쟁과 평화』(XII: 97-98)

키티를 생각할 때면 레빈은 그녀의 모든 매력을, 특히 어린애처럼 순수하고 선한 표정, 처녀답게 상큼한 어깨 위로 자연스럽게 굽이치는 금발에 둘러싸인 조그마한 얼굴을 생생하게 떠올렸다. 레빈은 앳된 표정과 가냘픈 몸매의 아름다움이 어우러져 발산하는 특별한 매력을 또렷하게 기억했다. 그러나 늘 그렇듯이 키티가 그에게 선사하는 예기치 않은 놀라움은 온순하면서 평온하고 천진난만한 눈빛이었다. 특히나 그녀의 미소는 레빈을 마법의 나라로 인도했는데, 그럴 때면 그는 아주 어릴 적에나 이따금 경험했던 감동과 부드러움에 빠져들었다.

『안나 카레니나』(XVIII: 32-33)

레빈은 그들 곁에 앉았다. 그들을 떠나고 싶지 않았다. 주인 앞에서 느끼던 뻘쭘함은 이미 사라진 지 오래였다. 농부들은 식사 준비를 했다. 어떤 이들은 씻었고, 청년들은 강에서 멱을 감았으며, 또 어떤 이들은 쉴 자리를 마련하고는 빵이 든 보자기를 풀고 크바스 병을 땄다. 영감은 빵을 떼서 사발에 넣고는 숟가락 손잡이로 짓이긴 뒤 양철통에 담아온 물을 부었다. 그는 빵을 좀 더 짓이긴 후 소금을 치고 동쪽을 향해 기도를 올렸다.

"자, 나리, 제 빵죽 한번 잡숴 보세요." 그가 사발 앞에 쭈그리고 앉으며 말했다.

빵죽이 어찌나 맛있던지 레빈은 식사하러 집에 가려던 생각을 바꾸었다.

『안나 카레니나』(XVIII: 268)

새로운 기쁨이 레빈을 사로잡았다. 포카니치라는 사람은 영혼을 위해, 진실되게, 하느님 말씀에 따라 산다는 농부의 말을 듣자 불분명하지만 중요한 상념이 마치 어딘가 막힌 곳에서 터져 나온 무리처럼 하나의 목적을 향해 돌진해 가며 그의 머릿속에서 휘몰아쳤다. 그 광채에 레빈은 눈이 멀 지경이었다.

『안나 카레니나』(XIX: 376)

그는 그 어느 때보다도 건강하고 활기차게 스스로를 느꼈다. 뿐만 아니라 자신이 육체를 완전히 초월한 듯 여겨졌다. 이를테면 그는 근육의 힘을 빌지 않고 움직이는 것 같았고 이 세상 무슨 일이든 다 할 수 있을 것 같았다.

『안나 카레니나』(XVIII: 424)

네흘류도프는 쿠즈민스코예 마을에서 자기 삶을 성찰하고 앞으로 무엇을 어떻게 할 것인지 고민하다가 결국 머릿속이 뒤죽박죽이 되어 아무 결정도 내리지 못했던 일을 기억했다. 그만큼 모든 문제에는 신중한 숙고가 필요했단 얘기다. 그는 지금 그때와 같은 문제를 스스로에게 제기해 보고는 모든 게 너무나 단순 명쾌하다는 사실에 놀라지 않을 수 없었다. 그렇게 단순 명쾌한 이유는, 그가 앞으로 자신에게 무슨 일이 일어날지는 생각도 하지 않았고 관심도 없었으며 오로지 지금 자신이 해야 할 일만을 생각했기 때문이었다. 자신을 위해 필요한 일에는 답을 낼 수 없었지만 다른 사람들에게 무엇이 필요한지는 확실하게 알 수 있었던 것이다.

『부활』(XXXII: 225)

마리야 공작영애는 삶을 살면 살수록, 삶을 더 많이 경험하고 관찰할수록 이곳 지상에서 쾌락과 행복을 찾는 사람들의 근시안에 점점 더 놀라게 되었다. 불가능하고 부질없고 부도덕한 행복을 쟁취하기 위해 갖은 애를 다 쓰고, 괴로워하고, 싸우고 서로에게 악행을 저지르는 사람들의 근시안은 그저 놀라울 따름이었다.

『전쟁과 평화』(X: 236)

'안드레이 공작은 아내를 사랑했어. 아내가 죽었어. 그는 그것으로 충분하지 않아 자신의 행복을 다른 여자와 연결 지으려고 해. 아버지는 그것을 바라지 않아. 안드레이를 위해 가문도 더 좋고 재산도 더 많은 배우자를 원하기 때문이야. 그런데 그들 모두 싸우고 괴로워하고 괴롭히고 덧없는 행복을 잡기 위해 자신의 영혼을, 불멸의 영혼을 더럽히고 있어. 우리 자신도 이것, 즉 하느님의 아들인 그리스도가 이 땅에 내려와 우리에게 그런 삶은 일시적인 삶이고 시련이라고 말한 것을 알면서도 계속 그런 삶에 매달리고 그 안에서 행복을 찾을 거라고 생각해. 어떻게 아무도 그걸 깨닫지 못할까?' 마리야 공작 영애는 생각했다.

『전쟁과 평화』(X: 236)

'소박한 카자크가 되어서 자연친화적인 삶을 살고 그 누구에게도 해를 끼치지 않고 오히려 사람들에게 선을 행하고자 하는 것, 이런 소망이 예전의 내 소망, 이를테면 장관이 되거나 연대장이 되고자 했던 것보다 더 어리석은 일일까?' 그러나 그의 내면에서는 어떤 목소리가 그에게 아무것도 섣불리 결정하지 말고 일단 기다려 보라고 말하고 있었다. 그에게는 다른 행복이 있으므로 그는 예로슈카나 루카슈카와 똑같이 살 수는 없을 것이라는 희미한 의식이 그를 방해했다. 행복은 자기희생에 있다는 생각이 그를 가로막았다.

『카자크인들』(VI: 102)

자기희생이란, 모두 헛소리고 잠꼬대이다. 그것은 교만이고, 마땅히 당해야 할 불행으로부터의 도피이며, 타인의 행복에 대한 질투를 가리는 미봉책이다. 그냥 다른 사람을 위해 살라, 선을 행하라!

『카자크인들』(VI: 123)

얼음처럼 차갑고 청명한 날씨였다. 지저분하고 희미한 거리 위로, 검은 지붕 위로 별이 빛나는 어두운 하늘이 펼쳐져 있었다. 하늘을 바라보는 동안만큼은 피에르도 그의 영혼이 도달한 드높은 곳에 비해 모욕적일 정도로 비천한 이 지상의 속악함을 느끼지 않았다. 아르바트 광장 입구에 들어서자 그의 눈앞에 별빛 찬란한 검은 창공이 그의 눈앞에 펼쳐졌다. 그 하늘 거의 한가운데에 프레치스텐스키 거리 위쪽으로 사방에 흩뿌려진 별들에 둘러싸였지만, 지상과 가깝고 하얀빛과 위로 솟은 긴 꼬리를 가졌다는 점에서 다른 모든 별과 구별되는 1812년의 거대하고 찬란한 혜성이, 사람들의 말에 따르면 세상의 온갖 공포와 종말을 예언하는 바로 그 혜성이 떠 있었다. 하지만 기다랗고 찬란한 꼬리를 지닌 그 눈부신 별은 피에르에게 어떤 두려운 감정도 불러일으키지 않았다. 오히려 피에르는 눈물에 젖은 눈으로 그 눈부신 별을 기쁘게 바라보았다. 그것은 형언할 수 없이 빠른 속도로 포물선을 그리며 무한한 공간을 날아가다가 갑자기 땅에 곤두박질친 화살처럼 검은 하늘에서 스스로 선택한 자리

▶▶

에 꽂힌 채 힘차게 꼬리를 치켜올리면서 무수하게 반짝
이는 다른 별들 틈에 하얀 광채를 빛내며 멈춰선 듯했다.
피에르에게는 이 별이 순전히 그의 영혼, 새로운 생으로
활짝 피어나고 용기로 채워지고 부드러워진 그 영혼 속
의 무언가에 대한 응답처럼 여겨졌다.

『전쟁과 평화』(X: 374-375)

이 책의 출처는 러시아 후도제스트벤나야 리테라투라Художественная литература 출판사에서 1928-1958년에 총 90권으로 출간된 레프 니콜라예비치 톨스토이 전집 "Полное собрание сочинений в 90 томах"이다.

○ 5권(1856-1859년 작품): 65([세 죽음 Три смерти(1858-1859)]), 142([가정의 행복 Семейное счастье(1858-1859)])

○ 6권([카자크인들 Казаки(1852-1862)]): 75-76, 76, 77-78, 102

○ 9권([전쟁과 평화 I Война и Мир I(1863-1869, 1873)]): 54, 82, 284, 344, 357

сумашедшего(1884-1903)]])

○ 29권(1891-1894년 작품): **63, 68-69**([첫걸음 Первая ступень(1891)])

○ 32권([부활 Воскресение(1889-1890, 1895-1896, 1898-1899)]): **3-4, 44, 45-46, 51, 52, 52, 53, 55-56, 57, 103-104, 129, 170, 208, 224-225, 225, 226, 232-233, 308, 361, 372, 372, 444**

○ 45권([인생의 길 Путь жизни(1910)]): **401, 480, 483, 488, 490**

90권에 달하는 톨스토이 전집에서 가장 두드러진 주제는 도덕이라 할 수 있다. 러시아 문학 전체를 통틀어서 톨스토이보다 더 강력하게 도덕을 외친 작가는 없을 것 같다. 그의 도덕론이 단순한 설교의 수준을 넘어 오늘날까지도 독자에게 어필할 수 있는 것은 그것이 궁극적으로 행복론과 맞닿아 있다는 데 기인한다.

요컨대 톨스토이에게 도덕적인 삶은 행복한 삶과 동의어란 뜻이다. 그의 행복론은 두 가지 유형의 텍스트를 통해서 전개된다. 하나는 그를 인류의 스승이자 위대한 사상가로 만들어 준 비문학적 산문(평론)이고 다른 하나는 그를 대문호로 만들어준 여러 편의 중단편 및 장편 소설이다. 소설가 톨스토이를 인류의 스승 자리에 올려놓은 것은 저 유명한 1884년의 회심이다. 나이 오십 즈음에 톨스토이는 과거를 통렬히 반성하면서 도덕적인 인간으로 거듭났다.

이후 그는 소설보다는 교조적이고 설교적인 작품을 쓰는 데 주력했다. 『인생에 관하여』, 『인생의 길』, 「첫걸음」 등, 대부분의 평론은 '어떻게 살 것인가'라는 질문에 대한 처절한 탐색을 반영한다. '어떻게 살 것인가'를 모색하는 지난한 과정에서 톨스토이는 영혼의 영역으로 깊이 들어갔다. 그리고 영혼 영역의 맨 밑바닥에서 그가 찾은 것은 도덕이었다. 톨스토이가 도덕에서 답을 찾은 이유는 무엇보다도 죽음이라고 하는 피할 길 없는 인간의 조건 속에서 인간이 행복할 수 있는 유일한 길이 바로 도덕성에 있기 때문이었다.

회심 이후의 산문들이 공히 강조하는 것은 참된 삶과 행복한 삶의 동질성이다. 인간이 개별적인 존재로서 향유하는 쾌락과 기쁨을 파기하고 더 높고 고결한 삶을 향해 나아갈 때 행복은 저절로 그에게 주어진다. 요컨대 행복이란 인간 개개인이 동물적인 본능을 초월하여 타인을 위해 선을 행할 때 성취되는 공공선이라 할 수 있다. 그가 유약함과 과잉과 탐식과 게으름을 질타할 때 그 질타의 가장 근본적인 이유는 그러한 것들이 인간이 진정한 행복에 다다르는 것을 방해하기 때문이다. 한마디로, 절제와 극기와 인류애가 행복의 요건이자 내용이다.

이렇게만 본다면 톨스토이의 행복론은 얼핏 따분하고 교조적으로 들릴 수 있다. 그러나 그의 소설은 평론이 불가피하게 수반하는 교훈적인 지루함을 상쇄하고 보충한다. 마치 평론의 단조로운 도덕주의와 교호하듯, 그의 소설은 수백 가지 다양한 뉘앙스와 인물을 통해, 매혹적인 스토리와 천재적인 문체를 통해 행복론을 펼쳐 보인다.

소설 속 인물들이 경험하고 추구해 나가는 행복은 순수한 동심, 화합, 소통, 노동과 일, 자연, 소박한 식사, 자아 성찰, 깨달음, 거듭남, 사랑, 새 생명의 탄생 등의 관점에서 탐구된다. 『전쟁과 평화』는 대對나폴레옹 전쟁(러시아에서는 조국 전쟁Отечественная война)을 배경으로 주인공 안드레이 볼콘스키 공작과 피에르가 성장해 나가는 과정을 서사의 핵심으로 한다. 이 두 사람이 겪는 사랑과 우정, 새 생명의 탄생 앞에서 느끼는 경이로움, 자연의 순리에 순명하는 태도, 깊은 성찰을 통해 다다르는 깨우침은 소설 속 행복론의 중심이라 할 수 있다. 특히 안드레이 공작이 전장에서 끝없이 푸른 하늘을 쳐다보며 느끼는 황홀경, 늙은 참나무에서 움트는 새싹 앞에서 되찾는 생명력은 소설의 백미라 할 수 있다. 「세 죽음」에서 『카자크인들』, 『부활』에 이르기까지 톨스토이의 소설 대부분에서 자연은 모든 인위적이고 위선적이고 부도덕한 것에 대립하는 진실하고 도덕적인 것을 대변한다. 자연과 교감하고 자연의 순리에 따르는 삶은 궁극적으로 '어떻게 살 것인가'에 대한 답이며 이것은 또한 '어떻게 사는 것이 행복한 삶인가'에 대한 답이기도 하다.

톨스토이 자신이 야스나야 폴랴나 Ясная Поляна의 영지에서 직접 경작을 하고 웬만한 일은 모두 스스로 하려고 시도했다는 것은 널리 알려진 사실이다. 육체노동은 그에게 도덕적인 삶의 조건이자 행복의 조건이었다. 『안나 카레니나』의 주인공 레빈은 그의 이러한 입장을 문학적으로 구현하는, 그의 분신과도 같은 인물이다. 레빈에게 "번잡하고 인공적이고 개인적인 생활은 노동적이고 깨끗하고 아름답고 공동체적인 생활"로 변모해야 하는 어떤 것이다. 레빈의 풀베기 장면은 강렬한 현실감과 함께 개인의 자아 성찰이 오를 수 있는 궁극의 단계, 곧 행복의 극치를 보여 준다. "그 하루도 힘든 노동에 바쳐지고 보수는 노동 그 자체에 있었다. 누구를 위한 노동인가? 노동의 결과는 어떤 것인가? 이 모든 것은 아무 상관도 없는 쓸데없는 생각에 불과했다."

사랑은 행복의 절대적인 조건이다. 톨스토이는 육체적인 끌림에서 오는 사랑을 부정하지 않는다. 『전쟁과 평화』, 『안나 카레니나』, 『부활』 같은 대작들에서 나타샤, 안드레이, 피에르, 안나, 레빈, 네흘류도프 등, 사랑에 빠진 인물들이 체험하는 환희는 그 자체로서 예술적 산문의 극치를 보여 준다. 그러나 육체적 끌림에서 시작된 사랑이 진정한 행복에 다다르기까지에는 너무나도 다양한 굴곡과 음영이 개재한다.

『부활』은 육체의 쾌락에서 시작된 사랑이 어떻게 정신적인 행복으로 마무리되는가를 보여 주면서 독자를 톨스토이 행복론의 핵심으로 인도한다. 소설의 말미에서 주인공 네흘류도프가 체험하는 사랑은 한때 그가 카튜샤에 대해 품었던 연정을 완전히 초월한다. 그는 카튜샤를 향한 사랑을 모든 사람에 대한 연민과 아가페적인 사랑으로 연장한다. 그런 감정은 그때까지 출구를 찾지 못하던 사랑의 물줄기를 네흘류도프의 영혼 속에 뚫어 주고 그는 비로소 인간이 인간을 사랑한다는 것의 그 궁극적 의미를 깨닫게 된다.

인간과 관련한 모든 것이 그렇듯이 행복을 논리적으로 탐구할 수는 없다. 톨스토이의 소설들은 논리의 이면에 자리 잡은 인생이란 이름의 거대한 공간을 살아 있는 인물들과 그들이 살면서 겪는 고뇌와 기쁨과 갈등과 실패와 성장과 죽음으로 채워 준다. 동시에 톨스토이의 산문은 장대하고 화려하고 극적인 그의 소설 세계에 엄정한 질서를 부여한다. 거장의 산문과 소설에서 엄선한 대목으로 꾸려진 이 책이 독자에게 행복한 선물이 되어 주길 바란다.

2024년 12월 석영중

레프 니콜라예비치 톨스토이

Лев Николаевич Толстой
(1828-1910)

톨스토이는 1828년 8월 28일 야스나야 폴랴나에서 아 버지 니콜라이 일리치 톨스토이 백작Граф Николай Ильич Толстой과 어머니 마리야 니콜라예브나 볼콘스카야Мария Николаевна Волконская 사이의 넷째 아들로 태어났다. 어머니 는 선량하고 신앙심이 깊은 여성이었으며 좋은 가문에 서 교육을 받은 덕에 음악과 미술에 조예가 깊었다. 그러 나 안타깝게도 톨스토이가 만 두 살이 채 되기도 전에 세 상을 하직했다. 그로부터 7년 뒤인 1837년에는 아버지가, 이듬해에는 할머니마저 세상을 떠났다. 어린 나이에 부모 를 잃고 고아가 된 아이들은 친척들 손에서 자라났다.

1844년 톨스토이는 카잔대학교 동양학부에 입학해 터 키어와 아랍어를 공부했고 나중에는 법학과로 전과했다.

공부에 큰 흥미를 느끼지 못했으며 성적도 별로 좋지 않았다. 1847년 재산 분할로 야스나야 폴랴나 영지를 상속받자 대학을 중퇴하고 고향으로 돌아갔다. 이 시기 그는 스스로 세운 학업 계획에 따라 공부를 하며 여러 책을 탐독하기 시작했다. 영어와 수학, 음악, 미술 등을 독학으로 공부했고, 스무 권짜리 루소 전집을 읽으며 루소의 사상에 깊이 빠지기도 했다. 농민 문제 역시 청년 톨스토이가 일찍부터 관심을 기울이고 있던 분야였다. 그는 직접 농지경영에 뛰어들어 농민을 돕는 데 헌신했다.

톨스토이는 1851년 큰형 니콜라이가 있는 캅카스 포병대에 입대했다. 군 복무를 하는 동안 본격적인 창작이 시작되었다. 1852년, 그는 첫 작품 『유년 시절Детство』을 발표하여 큰 호응을 얻었고, 곧이어 『소년 시절Отрочество』을 발표한 후 『카자크인들』의 집필을 시작했다. 1856년 군 복무를 마치고 귀국한 톨스토이는 유럽으로 훌쩍 떠났다. 유럽 여행을 하면서 농민들을 위한 제대로 된 교육의 필요성을 절감한 톨스토이는 1859년 야스나야 폴랴나에 학교를 설립했다. 더욱 체계적인 교수법을 연구하기 위해 1860년에는 두 번째 유럽 여행길에 올랐다. 러시아와 유럽을 오가던 이 시기에도 창작은 계속되었다. 그의 대표

단편 「세 죽음」도 이 시기에 집필되었다.

1862년, 두 번째 유럽 여행을 마치고 러시아에 돌아온 톨스토이는 모스크바 의사의 딸 소피야 안드레예브나 베르스Софья Андреевна Берс와 결혼하여 야스나야 폴랴나 영지에 정착했다. 두 사람 사이에는 13명의 아이가 태어났다. 그중 5명은 어렸을 때 사망했지만 나머지 8명은 장성해서 일가를 이루었다. 결혼으로 안정을 찾은 톨스토이는 1863년 장편 소설 『전쟁과 평화』 집필에 착수하여 6년 만인 1869년에 완성했다. 이 소설은 러시아 문학을 대표하는 대하 역사 소설로 러시아 안팎에서 톨스토이의 명성을 확고하게 해 주었다.

이 시기 톨스토이의 집필은 창작에만 국한된 것이 아니었다. 워낙 교육에 관심이 많았던 그는 아동 교육 도서인 『기초입문서Азбука』를 기획·집필했다. 톨스토이 생전에 20판까지 발행된 이 저술은 교육자 톨스토이의 헌신과 열정을 웅변적으로 대변해 준다. 『기초입문서』의 집필이 마무리되자 톨스토이는 5년에 걸쳐 대작 『안나 카레니나』를 집필했다. 이 소설의 완성과 때를 같이하여 톨스토이는 급격한 내면의 변화를 겪었다. 이 시점에서 그는 러시아 최고의 작가였다. 드넓은 영지의 주인이자 한 가정의 존경받는 가장이었다. 그러나 그는 치유 불가능한 깊은 허무의 심연과 마주하게 되면서 자신의 지나온 인생 전체를 반성했다. 그리고 앞으로 남은 인생을 '참되게' 살기로 결심했다. 흔히 '회심'이라 불리는 이 변화는 1884에 발표한 『참회록 Исповедь』에 자세하게 기록되어 있다.

『참회록』을 기점으로 위대한 소설가 톨스토이는 위대한 스승 톨스토이로 거듭났다. 금주, 금연, 채식을 주장했고 청빈의 삶과 노동하는 삶을 주장했다. 사교계와 교회와 정부를 비난했으며 사치스러운 삶을 비난했다. 자신의 작품을 포함하는 대부분의 예술을 비난했다. 그는 민중을 교화하기 위한 짤막한 우화를 썼고 위선적인 지식인을 비난하기 위해 심오한 도덕 철학서를 쓰기도 했다. 그는 명실공히 "야스나야 폴랴나의 현자"이자 "인류의 스승"이었다.

1880년대 이후 톨스토이는 교훈적인 작품에 매진하면서도 문학적인 완성도가 뛰어난 작품들을 지속적으로 선보였다. 중편 『이반 일리치의 죽음』과 『크로이처 소나타 Крейцерова соната』, 그리고 마지막 장편 『부활』, 미완의 단편 「광인의 수기」가 대표적인 예이다.

말년의 톨스토이는 세계적인 명성을 누리는 거물이었

다. 그러나 톨스토이의 명성이 높아 감에 따라 부부 사이의 갈등도 점점 더 거세졌다. 가정불화의 근본적인 원인은 톨스토이의 회심이었다. 소피야 부인은 남편이 주장하는 청빈의 삶과 도덕주의를 그대로 받아들이기 어려웠고 남편은 그러는 부인을 속물이라 비난했다. 두 사람은 거의 모든 문제와 관련해 팽팽하게 대립했고 거의 날마다 소리를 지르며 싸웠다. 가정은 점점 지옥이 되어 갔다. 톨스토이는 이런 상태를 견딜 수가 없어 몇 번이나 가출을 생각했다.

1910년 10월 28일 이른 새벽, 마침내 노작가는 부인이 깊이 잠든 틈을 타서 주치의를 대동하고 정처 없는 방랑길에 올랐다. 그는 여동생이 수녀로 있는 수도원에 들러 하룻밤을 지새우고 기차에 올라탔다. 기차 안에서 톨스토이는 열이 오르기 시작했다. 그가 더 이상 여행을 지속하기 어려워 아스타포보라는 작은 역에서 내리자 역장이 관사를 제공했다. 부인과 자식들, 지인들, 독자들, 내외신 기자들, 사진기자들 등 수없이 많은 사람들이 이곳으로 몰려들었다. 1910년 11월 6일 밤, 톨스토이는 "진리를… 많이 사랑한다…Истина… Люблю много..."라고 중얼거린 뒤 혼수상태에 빠졌다. 다음 날 새벽 대문호는 영면했다.

나는 당신이 행복하다고 생각했습니다
톨스토이 아포리즘

초판 1쇄 인쇄 2024년 12월 6일
초판 1쇄 발행 2024년 12월 27일

지은이 레프 니콜라예비치 톨스토이
옮긴이 석영중

펴낸이 이방원
책임편집 배근호　　　　**책임디자인** 박은정
마케팅 최성수·김준　　　**경영지원** 이병은

펴낸곳 세창미디어
　　　　신고번호 제2013-000003호　주소 03736 서울시 서대문구 경기대로 58 경기빌딩 602호
　　　　전화 02-723-8660　팩스 02-720-4579　이메일 edit@sechangpub.co.kr　홈페이지 http://www.sechangpub.co.kr
　　　　블로그 blog.naver.com/scpc1992　페이스북 fb.me/Sechangofficial　인스타그램 @sechang_official

ISBN 978-89-5586-835-7　03890